JULE,

OU

MON TESTAMENT,

PRÉCÉDÉ

D'UNE ODE SUR LE POISON.

PAR P. J.-B. DALBAN.

Non hoc præcipuum amicorum munus est
prosequi defunctum ignavo questu, sed
quæ voluerit meminisse, quæ mendaverit
exsequi. (Tac. *An. lib.* II.)

A PARIS,

DE L'IMPRIMERIE DE MICHAUD FRÈRES,
RUE DES BONS-ENFANTS, N°. 34.
CHEZ DELAUNAY, Libraire, Palais Royal.

M. DCCC. X.

PRÉFACE.

C'EST à regret que je mets sous les yeux du public l'ouvrage que je lui présente : j'avoue que cet empressement de se faire connaître , pour des ouvrages de peu d'importance, ne prouve qu'un grand fonds de prétentions. Si une pièce de vers, quelques lignes de prose sont sans mérite , à quoi bon les publier? Si au contraire ces productions annoncent du talent, pourquoi se presser? Des pièces fugitives sont moins faites pour commencer une réputation , que pour augmenter celle qu'on a déjà plus justement acquise.

Si l'ouvrage que je publie n'avait rien qui me regardât personnellement, voilà ce que je dirais pour m'excuser de le mettre au jour, et l'on voit que ce serait commencer assez franchement que de donner contre moi au lecteur, des idées dont il ne se serait peut-être pas avisé. Pour continuer sur le même ton et me faire connaître mieux, j'ajouterais : Imprimant aujourd'hui contradictoirement à mon opinion, je ne suis cependant point inconséquent; j'écris mourant, et il est un peu difficile de remettre à l'avenir, à celui qui ne porte plus ses regards si loin.

Ce préambule n'est point nécessaire ; les pièces qu'on va lire suppléeront à

non silence. On y verra pourquoi je
publie, on y verra pourquoi je suis
excusable de le faire ; on y verra
même aussi l'auteur incorrect qui n'a
pas le temps d'être plus parfait. Je con-
viens que de tous mes aveux, celui-ci
ne m'est pas le plus favorable ; mais
que veut-on d'un homme qui se voit
mourir à un âge où tant d'autres sont à
peine à l'entrée de leur carrière ? la
sage modération de celui qui compte
sur de longs jours. Il fut un temps où
j'espérais vivre ; alors je savais attendre
les fruits de l'étude. Je ne dirai point
comment, dans une jeunesse solitaire
et sur un plan arrêté, j'ai sacrifié une
foule de ces moments dont l'inspiration,
heureuse ou non, m'eût bien au moins
permis de me faire illusion sur le suc-

cès que j'en pouvais attendre. Qu'im-
porteraient des sacrifices que rien n'a
prouvés? Et depuis quand se vanta-t-on
de n'avoir rien fait? Je n'ai qu'une chose
à dire, c'est que si je n'ai pas l'art de
faire mieux, je n'ai pas davantage le
courage de me taire.

LE POISON.

ODE.

Que Tibulle en vers énergiques
Insulte au fer ensanglanté,
A vous dont les mains frénétiques
Aiguisèrent sa cruauté ;
Que la terre, en malheurs fertile,
Nourrisse une plainte inutile
Des ravages des éléments ,
Accuse la flamme cruelle,
Et maudisse l'onde infidelle,
Soumise aux caprices des vents.

Laissons de paniques alarmes :
Que sont l'indocile élément
Et la vaine fureur des armes,
Auprès du poison menaçant ?
Rien ne prévient sa violence ;

Rarement on voit la vengeance
Suivre de près sa trahison;
Et sur un cadavre livide
On cherche sa trace homicide,
Qu'il est à l'abri du soupçon.

Quel pouvoir! quel affreux Protée!
De combien de déguisements,
Une industrieuse Médée
Lui prête les enchantements!
Parfum voluptueux, paisible,
Le vent de son aile invisible
Apporte ses foudres muets,
Ou breuvage, aux ondes limpides,
Épanchant ses flammes liquides,
Bacchus le sert à ses banquets.

Dieux! des apprêts de la vengeance,
Quels mortels seront défendus;
La beauté tombe sans défense
Dans ces piéges inattendus;
La beauté, jeune, fortunée,
Et sans soupçons abandonnée
A l'attrait des jeux et des ris!
L'ami, dans les plaisirs expire,
Et d'un œil mourant cherche à lire
Au cœur de ses douteux amis.

Arrêtez ! arrêtez , furies !
Suspendez vos assassinats !
Et vous , de ces tables impies ,
Levez-vous, fuyez le trépas !
De l'ennemi qui vous menace ,
Espérez-vous fléchir l'audace ,
Par l'or , les dignités , le rang ,
Ou cette faveur incertaine
L'attend-on d'une pitié vaine
Qu'on attribue aux droits du sang ?

Hélas ! plus grands que nous ne sommes,
Ces rois que tout doit protéger ,
Sont au-dessus des autres hommes,
Esclaves du même danger.
Ils ne désarment point les Parques !
On a vu des meilleurs monarques
Le poison approcher ses pas,
Les choisir sous le diadême,
Et les frapper au milieu même
De leurs inutiles soldats.

Au moins la nature plus chère
A des nœuds, abri respecté ?
Ah ! de leur pitié débonnaire ,
Soleil, tu fuis épouvanté !
Des mères, quelle barbarie !

Empoisonnent dans leur furie,
Le fils qu'a nourri leur amour ;
Et des fils plus barbares qu'elles ,
Déchirent de douleurs mortelles,
Le sein qui leur donna le jour.

Mais la tombe est-elle muette ?
Quel mot a troublé leur repos,
Et des ombres, dans leur retraite,
Soulève les paisibles flots ;
Ainsi qu'un nouvel orage,
Des bois fait gémir le feuillage,
Et soulève les flots des mers ?
Leur ame se rassure·à peine,
Et semble d'une frayeur vaine
Émue encor dans les enfers.

Des poisons d'une haine ouverte,
L'une ressent les traits aigus,
L'autre redoute encor la perte
De ce jour qu'elle ne voit plus.
Parlez , malheureuses victimes !
Et toi qui d'un tribut de crimes
Entretiens ce séjour d'horreur,
Terre, entends leur voix lamentable
Dans un échange profitable
Et de forfaits et de terreur.

Quelle plainte partout révèle
Les affreux secrets du trépas !
Quel morne effroi suit la nouvelle
De mille nouveaux attentats !
Dans sa marche heureuse et rapide,
Quoi ! souvent le poison perfide
Échappait aux yeux prévenus !
Et des crimes que l'on ignore,
Quoi, le nombre surpasse encore
Les crimes que l'on a connus !

Tombez enfin voiles coupables,
Qui d'un jour faux et ténébreux,
Cachez les destins véritables
De tant de héros malheureux ;
Nous montrez leur pénible vie,
Ou par les hasards poursuivie,
Échouant aux écueils du sort,
Ou dans l'oubli de la fortune,
Ne cédant qu'à la loi commune
Qui soumet tout homme à la mort.

Va, c'est assez, cruelle histoire,
Vendre leur vengeance et leur sang ;
Quand tu mentais à la mémoire
Le poison déchirait leur flanc.
O ciel ! de quelle ignominie

Une implacable tyrannie
Leur prodigua les maux amers !
Le monde ignora leurs alarmes,
Et la tombe reçut des larmes
Que ne connut pas l'univers.

Ainsi dans le silence et l'ombre,
La mort attaqua mon printemps.
De mes jours j'étendais le nombre,
Ma gloire commandait au temps,
Ma gloire importunait l'envie !
« Meure son odieuse vie ! »
Ont dit mes ennemis cruels,
« Cette flamme avide et rebelle
» D'un nom cette soif immortelle
» N'est que le mépris des mortels.

» Tandis que son orgueil espère
» Un jour qu'il ne verra jamais,
» Changeons cette ivresse prospère,
» Perdue en éternels regrets :
» Quand sur lui rien ne veille encore,
» Éteignons sa dernière aurore
» Aux pleurs dont nul n'est occupé;
» Et quand la mort va le surprendre,
» Qu'il appelle pour le défendre,
» La gloire qui l'aura trompé.

» Allons, l'obscurité propice
» Peut favoriser nos fureurs,
» De l'amitié même complice,
» Abusons les crédules pleurs :
» Le plaisir dans sa course ardente,
» La jeunesse, vive, imprudente,
» Auront dévoré ses beaux jours,
» Ou bien la nature lassée,
» Déliant leur trame épuisée,
» Seule aura terminé leurs cours. »

Quoi! mon front protégé s'honore
D'un laurier promis d'Apollon ;
Les Muses ont vu mon aurore
Se lever au sacré Vallon ;
Leur faveur n'en paraît point une ;
Vous croyez que de la fortune
Ces dieux éprouvant le retour,
Vous livreront votre victime ;
Vous espérez cacher un crime
Sous l'œil même du Dieu du jour.

Perdez un espoir téméraire :
Les Muses vengent leur affront,
Un rayon du Dieu qui m'éclaire
Va s'échapper sur votre front.
Quel repentir suit votre audace !

Quelle redoutable menace
Jette son cri dans tous les cœurs !
Ah ! tout s'arme pour le poète
Et l'innocence, ailleurs muette,
En lui trouve mille vengeurs !

Ce monde qu'eût charmé sa gloire
Non moins sensible à ses douleurs,
Prête une fidèle mémoire
A l'histoire de ses malheurs.
La nature même domptée,
Suspendant sa marche arrêtée,
Se soulève à sa noble voix ;
Fils docile, il touche une mère,
Dont son ame inflexible et fière
N'a jamais méconnu les lois.

Oui, cette voix toujours puissante,
Qui jadis des hommes épars
Rassembla la famille errante
Dans l'enceinte de leurs remparts,
Quand elle éprouve leur outrage,
Peut, détruisant son noble ouvrage,
Disperser des mortels nouveaux
Et leur faire voir son génie,
Du sein même de l'harmonie
Retirant le premier chaos.

JULE,

OU

MON TESTAMENT.

JULE,

OU

MON TESTAMENT.

Je n'ai pas vingt-cinq ans, et je vais mourir. Me voilà, bien jeune encore, occupé de la triste perspective de ma fin prochaine. On attribue à la jeunesse un grand courage pour supporter ce dernier moment; j'ai trop peu vécu pour en avoir fait l'expérience; mais ce que je puis dire, c'est que, pour moi, j'en approche sans peine. Il n'y a réellement à regretter dans la vie que le bien qu'on n'a pas fait; et dès-lors qu'on ne peut le faire, il y a de

2

bonnes raisons pour être consolé. Je le suis déjà.

Mais la mort va enlever un membre à la société. Je tenais de la nature quelques talents, que je ne puis appeler des dons, puisqu'elle me les ôte. J'avais résolu d'être bon, sensible, humain ; qui me remplacera ? Cette tâche est-elle bien facile ? Je vous le demande à vous qui riez peut-être de l'importance que je mets au sort d'un homme, et qui ne savez pas l'être ; à vous, sourds à la pitié, à l'honneur, à toutes les vertus. Je ne le crois pas. Ainsi, bien sûr de laisser un vide après moi, j'ai songé à le remplir. Cette espérance, qui remplace dans mon cœur tant d'autres espérances que j'y sens mourir tous les jours, me rend encore heureux, et me servirait de consolation, si j'avais la faiblesse d'en éprouver le besoin.

Je donne, dans la province où je suis né, un capital de 30,000 francs, dont le revenu annuel est destiné à perpétuité à l'éducation d'un homme.

Si je parlais à des sages, j'en aurais assez dit pour être entendu; mais d'après les idées vagues, et la légèreté de principes qui règnent encore sur des choses si importantes, de quelle éducation, de quel homme veux-je parler? Je n'ai qu'à me taire sur le sens des mots; le sujet le moins fait pour en profiter sera appelé à un avantage qui n'était pas pour lui; les talents seront comptés pour rien; au mépris des droits naturels, la fortune s'attribuera la dot de l'indigence, et la légèreté ou la faveur étoufferont le germe du bienfait. Ce n'est pas sans raison que je publie un écrit condamné pour l'ordinaire à l'obscurité du cabinet et au petit nombre de lecteurs dont il intéresse la for-

2..

tune. Ce n'est pas au hasard que j'exerce
sur ces idées les restes d'une sensibilité
près de s'éteindre.

De la naissance de Jule.

Né dans un des plus beaux climats que
la nature ait favorisés de ses dons, une
des illusions agréables de ma jeunesse,
lorsque je jouissais du spectacle des
champs, était de supposer dans cette paisible situation un jeune homme simple
et bon, doué des plus heureuses dispositions ; je le plaçais dans ces solitudes
qui m'enchantaient, et au milieu des
montagnes et des bois, j'aimais à suivre
le développement de ses facultés, instinct
vague et obscur d'abord, mais que les
obstacles qui le combattaient rendaient
plus intéressant ; enfin, poussant à bout
ma fiction, j'arrivais au moment où une

main généreuse découvrait cette plante
sauvage , et la transplantant dans nos
villes , la préparait aux dons de la cul-
ture.

Il faut que ce rêve de mes belles années s'accomplisse : c'est à un enfant né
à la campagne que je destine les avan-
tages dont il est parlé dans cet écrit.
Il n'y a rien de si abject que le peuple
des villes : c'est la dernière classe de la
société , la seule où la pauvreté semble
destituée de ses droits naturels à la pitié.
Les mauvaises mœurs , l'habitude de la
servitude dénaturent l'homme. Il peut se
trouver dans la boue et les haillons le
germe d'un grand , d'un politique habile:
on n'en tirera jamais une ame élevée ; les
premières impressions ne s'effacent pas.

Des qualités de Jule.

Je recommence le rêve chéri de ma

jeunesse, et, transporté en idée dans ce
beau pays que je ne verrai plus, je cherche le modèle des traits gravés dans mon
imagination. Dans un village éloigné, je
trouve un jour un enfant qui semble les
réunir tous. Vous qui le·chercherez après
moi, écoutez bien cette peinture.

Jule n'est pas celui qu'on loue pour
ses qualités; il n'est ni connu ni loué par
ses semblables. Quel éloge! Justement
apprécié par ses pairs, on n'est que leur
égal. Je l'observe de plus près : il est timide; il ne montre pas cent dons heureux,
il les laisse échapper; il a de l'imagination : c'est la faculté la moins trompeuse
dans la jeunesse. Il a quatorze ans; je ne
compterais pas sur des dispositions qui se
développeraient plus tôt; plus tard, elles
ne seraient plus pour moi. Je l'ai vu sou-
pirer, se plaindre. Je l'approche. « Vous
n'êtes pas heureux? — Il me manque tant

de choses. — Il ne tient qu'à vous d'avoir davantage. Enfant orphelin, il va vous mourir un père ; tout ce qu'il possédait est à vous. — Qu'exige-t-il de moi ? — Votre bonheur. Écoutez, Jule ; on vous dira un jour que le bonheur n'est pas dans l'état où il vous appelle ; vous entendrez parler d'envie et de persécutions ; autant de plaintes puériles qu'on peut appeler le charlatanisme de l'orgueilleux qui exagère son mérite, ou la ruse du fripon qui veut dégoûter l'honnête homme. Il ne tient pas à l'envie de décourager la vertu qui trouve sa récompense en elle-même. Laissez végéter dans leur froide inutilité ces cœurs tièdes qui choisissent une félicité plus calme. On ne me persuadera jamais que le souverain bonheur ne soit pas dans les lumières et l'exercice de la raison. N'y fût-il même point, eh bien ! cœurs égoïstes, un peu moins de bonheur, et plus de zèle pour l'humanité: Venez, Jule; vous avez reçu une ame raisonnable; elle doit être instruite pour la société. Si l'enthousiasme, les passions généreuses descendent dans cette ame et y allument la flamme des talents, c'est le bien des malheureux. La vie est pour eux une lutte pénible et souvent inégale : entrez dans la lice; elle est ouverte, il est permis d'y descendre. Jurez dans mes mains que vous ne quitterez jamais les armes que vous reçûtes pour le combat. Jurez que cet ami qui vous appelle à une existence nouvelle, trouvera dans vous un successeur; que vous acceptez le pénible héritage de son dévoûment; que vous ne tromperez point ses vœux qui, à ses derniers moments, se reposaient sur vous, comme sa dernière espérance.—Qu'eût-il répondu à la médiocrité qui eût voulu le décourager?—qu'il

la comprenait bien , mais qu'il se gardé-
rait de ses conseils. — Qu'eût-il dit au
puissant qui eût voulu le détacher des
droits du pauvre opprimé ? — qu'assez
heureux pour avoir toujours vécu sans
reproche il se devait par reconnaissance
à la vertu. — Qu'eût-il demandé pour récompense ? — la mort de Socrate. — Et
il était heureux ? — Il l'eût été. — Par-
tons. »

De la vocation de Jule.

Il y a deux ans que Jule étudie dans
l'université de sa province ; ses dispositions se sont accrues, ou leur fleur pas-
sagère s'est évanouie au milieu des mêmes soins qui devaient la faire éclore. Il
est temps d'interroger ses penchants.
Éveillés par l'étude , l'exemple ou le tem-
pérament , déjà leur voix s'est fait en-
tendre , qu'ils parlent tout haut (1). Sui-

vant le choix de votre élève , vos soins
vont redoubler , ou votre carrière est
finie , et Jule n'est plus digne de vous.
Pour un homme qui a de la naissance ,
il y a un certain nombre d'états parmi
lesquels il peut choisir sans déroger ; pour
un homme de talent , il n'y en a qu'un.
S'il le manque , il peut être berger ou la-
quais , aussi bien que tel autre person-
nage que j'imagine et qu'on croit plus
noble. Quel sera donc l'état de Jule ?

De l'avocat.

Un état qui n'est quelque chose que
par de grands abus , abus intolérables ,
flétris par les plus anciennes législa-
tions ; cet état, dis-je , ne peut être celui
de Jule. Dans le sanctuaire de la justice ,
violant à la fois les égards et le droit sacré de la liberté des consciences , tel ora-

teur dit aux juges : « Vous êtes des scé-
» lérats qui avez besoin que je porte dans
» vos cœurs les flammes de la vertu. »
Ou tel autre : « Vous êtes des imbécilles,
» à qui je viens proposer d'immoler un
» innocent, parce que je vais vous dé-
» montrer qu'il est coupable. » Et vous
vous intitulez les défenseurs de la veuve
et de l'orphelin ! Dangereux sophistes !
que ne dites-vous de même que vous en
êtes les ennemis, puisque vous les avez
au moins outragés aussi souvent que défendus.

Du médecin.

Qu'est-ce pour le bonheur, qu'un état
où tous les succès sont attribués à la nature, où tous les revers sont imputés à
l'art ? Le plus habile médecin, s'il vivait
cent ans, serait accusé d'avoir tué tous
ses malades.

Du prêtre.

On s'étonne de la rapidité des progrès de la religion chrétienne. Perfide hommage ! moi, je m'étonne de leur lenteur. Quelle mission que d'avoir à répondre d'une religion au-dessus de l'intelligence et d'une conduite surnaturelle ! Et à qui ? à la foi des incrédules.

De l'homme de lettres.

Cet homme n'a point d'état ; non sans doute, pas plus qu'Orphée et Amphion tirant l'homme de l'état sauvage ; pas plus que Lycurgue et Solon lui donnant des lois.

De la société.

Jule aura fait quelques unes de ces réflexions ; mais en voilà qu'il n'a pu faire.

Qu'il perde, si l'on veut, le faible héritage que je lui laisse ; qu'il soit sans pain,
sans appui ; que cet écrit périsse en par-
tie : mais que ces lignes que je trace d'une
main mourante, parviennent jusqu'à lui.

O mon enfant, que ne puis-je entre-
tenir les douces chimères, les rêves de
perfection qui bercèrent tes jeunes années ! que ne peux-tu toi-même les conserver toujours ! Le premier bonheur est sans
doute la flatteuse opinion qu'on a des autres et l'innocence de l'ame qui nous la
fait aimer. Mais nos illusions deviennent
bientôt des peines réelles ; voici le moment où je dois te perdre ou t'éclairer ; je
ne balance pas ; écoute, et connais tes semblables. Dans le monde où tu vas entrer,
où tu vas porter des vertus et réclamer
des droits en échange des devoirs, tu
crois trouver l'équité qui maintient leur
juste distribution. Détrompe-toi, ces

droits inaliénables, les principes les plus
sacrés, sont sapés dans leurs fondements.
On te dira qu'il n'y a point de Dieu; de
cette supposition s'ébranle la foi en une
ame immortelle, et avec ses fondements
ceux des devoirs de l'homme en société.
On t'apprendra qu'il n'y a point de morale publique, et ce relâchement des liens
primitifs se propageant trop dans les
nœuds individuels, tu entendras l'é-
goïsme crier tout bas, que l'homme ne
doit rien à i'homme que la douleur, le
désespoir, la mort et le poids des mêmes
infortunes dont il est accablé lui-même.

Il serait aisé de réfuter ces principes,
de prouver que ces vérités que combat
l'athée, ne sont pas si évidemment en-
chaînées qu'elles puissent s'exclure l'une
par l'autre; indépendamment de l'ordre
connu ou ignoré de l'univers, Dieu peut
exister; indépendamment de l'existence

de Dieu, l'ame peut avoir la sienne et une immortalité purement de son essence, et qu'il ne nous est pas donné de connaître ; enfin, indépendamment de l'existence de Dieu, il peut y avoir une morale. Mais je m'aperçois que je dogmatise, et je ne veux ni combattre l'erreur, ni établir de vérités. Tu peux un jour avoir d'autres lumières, et il me serait affreux d'avoir fondé ton bonheur sur des principes qui l'entraîneraient avec eux. Ce n'est pas sur la science que s'appuie la vertu ; ses plus inébranlables fondements sont dans le cœur. Tant d'inquiétude et d'impatience à connaître des vérités inutiles dépose moins en faveur de l'homme que contre lui. Qu'importe à Jule que l'incrédule nie l'existence de Dieu, et des êtres plus malheureux les plaisirs de la vertu ? J'en appelle à son cœur, jamais une bonne action a-t-elle

trompé son attente? Dis, ami, tes parents
honorés , ton frère , ton ennemi bénis-
sant ton nom, ne sont-ils pas la consolation de tes jours ? Tu sens donc qu'il vaut
mieux être bon que méchant ? Va, voilà
le meilleur garant de tes vertus ; Dieu ,
quand il veut , peut tirer l'indulgence des
torrents de sa miséricorde ; la conscience
ne se pardonne rien. Que tout t'aban-
donne aujourd'hui , amis , secours , espoir consolant , tu sais que pour être plus
malheureux , il ne te manque plus que de
te manquer à toi-même.

Voilà le tableau des misères de l'humanité , de l'incertitude de nos connaissances ; voilà le sujet des méditations de
Jule , choisissant un état. C'est ici l'é-
preuve de la sûreté de nos institutions ,
et la raison générale à ajouter aux im-
perfections de chacune d'elles en parti-
culier. Il n'y a pas dans la moindre pro-

fession un frein ou un motif de conduite qui ne soit pas dans les lois fondamentales de la société ; il n'y a pas dans ces lois un doute et une obscurité dont les tristes effets ne se rencontrent dans tout l'ordre politique.

Ces principes adoptés, un homme qui entre dans le monde, voit ce qu'il a à faire, et ces notions qui font connaître la société à un individu, le dévoilent bientôt lui-même aux yeux de tous. Dès que les lumières sont le mobile des actions, les actions sont les témoins irrécusables de la conscience, sur le rapport desquels il est permis à chacun de nous juger. Alors, il n'y a plus de vertus involontaires, ni d'erreurs innocentes ; alors, l'honnête homme prend un état honnête ; l'hypocrite choisit et se déshonore ; le sage se place au-dessus de tous, et Jule est homme de lettres.

Peut-être est-il dangereux de navrer ainsi le cœur d'un jeune homme, de lui dire, à peine connaît-il la méfiance : Va, colombe timide et désarmée, va parmi des tigres, et paie tes douces vertus du sacrifice de ton repos et de ta vie? Ah! sans doute, il est à craindre qu'alarmé d'une position si périlleuse, il n'abjure de funestes droits, et ne se dérobe à des obligations qui retombent de tout le poids du vice qui les enfreint, sur la vertu qui les respecte. Singulier motif de lui cacher la vérité! Ainsi, la société ne conserve ses membres qu'en les trompant? L'homme est pris au piége non moins que l'animal qui n'a qu'un filet entre lui et les bois ; et depuis la crainte d'en faire un sauvage, jusqu'à l'ambition de l'élever au-dessus de tout, la vérité est sacrifiée à tous les sentiments qu' inspire le soin de sa conservation. Voyons donc si la so-

ciété sait si bien se conserver le fruit de
sa fraude, et si la peur d'envoyer dans
les bois quelques sauvages d'un jour, ne
peuple pas incessamment les villes de
sauvages plus dangereux ?

Partout je vois le prosélytisme habile à tromper, sacrifier les destins ha-
sardés de l'homme au soin de séduire
l'enfance. On prend un état, on entre
dans le monde; il n'y a rien de beau
comme le parti pour lequel on se dé-
cide, rien de solide comme les principes
sur lesquels on s'appuie ; viennent les
secrets de corps, les initiations aux mys-
tères de la société; les préjugés de l'é-
ducation vous abandonnent; on voit
qu'on est avec des scélérats.

Réfléchissez un moment, vous qui
trompez la jeunesse pour son bonheur,
aux effets d'une pareille découverte.
Quelle autorité donnée à l'exemple !

Quelle éloquence à la voix si éloquente
des passions ! Quels mouvements involontaires excités dans un cœur qui se
voit déçu , et qui peut bien enfin se-
couer un joug qu'il accepta sous d'autres conditions ! Jetez les yeux dans le
monde , voyez ces criminels , ces coupables de tous les rangs : c'étaient tous
des gens vertueux, de bons pères , d'u-
tiles citoyens ; un exemple , un so-
phisme imprévu les a ébranlés et pré-
cipités d'une élévation dont ils n'avaient
pas mesuré les abîmes.

De l'amour de la gloire.

Le choix de Jule fait, son éducation
s'achève, et je ne demande d'instruc-
tion particulière pour lui que la lecture
de cet écrit.

Ce n'est pas sans désirer de s'en ren-

dre digne que Jule apprendra qu'il est
promis à l'estime des hommes; il ne le
désirera pas sans aimer la gloire. Passion généreuse, prends encore dans son
cœur les apparences de la vertu, et res-
souviens-toi toujours de ton origine.
Ainsi que le découragement naît du mépris, tu nais de l'estime. Ceux qui ont
conçu de toi quelques espérances avan-
tageuses au bonheur de l'humanité,
t'ont nourri de leurs applaudissements;
ne les force point à se repentir. Hélas!
trop souvent tu fais succéder l'horreur
à l'admiration. Faut-il que le jour qui
te voit naître soit un jour de calamités
pour la terre? Les hommes t'ont-ils dit:
Crois protégé par notre estime; nous t'en-
courageons pour nous nuire et nous op-
primer? Quoi! de féroces emportements
nés des plus douces vertus! Ainsi dans
un heureux naturel, on applaudissait les

crimes dont tu devais le déshonorer;
ainsi les malheurs de la terre sont le
prix d'un éloge imprudent et du fu-
neste horoscope qui a annoncé un grand
homme.

O sentiment plus épuré ! véritable
amour de la gloire , viens encore faire
battre mon cœur des nobles espérances
de ma jeunesse ! Que dis-je ? hélas ! mou-
rons sans regrets; l'injustice des hommes
t'accorde-t-elle toujours un prix mérité ?

De l'austérité des mœurs.

L'ame enchantée, élevée à un ordre
de vérités nouvelles, est un foyer brûlant,
où tous les sentiments allumés d'une
même flamme se prêtent un appui mu-
tuel. Instituteur, viens alors; dirige, si tu
veux, l'orgueil, l'amour, toutes les passions ; mais souviens-toi qu'elles n'ont

point de branches parasites; les muti-
ler, c'est tuer ton élève. L'austérité des
mœurs peut venir à ton secours, et, ren-
fermant tous ces sentiments qui ne de-
mandent qu'à s'épancher , les diriger
utilement. Qu'elle s'étende à toutes les
habitudes de la vie; elle deviendra bientôt une volupté , un fanatisme. Que
Jule sera fier sous le modeste habit qu'il
s'impose ! O qu'il aimera ce pain sobre
et trempé d'eau pure , ses chastes et la-
borieuses veilles , et ces lectures d'une
austérité dont ce siècle n'offre point de
modèle ! Le pauvre peut le visiter alors,
le pauvre , le besoin et le malheur; il y
a du superflu à sa table , et des ressources
et de la vigueur dans son ame.

De l'amour.

La sévérité des mœurs n'est point in-

compatible avec le sentiment de l'a-
mour ; il est naturel, au contraire, qu'il
s'allume dans une ame forte, et avec
une énergie, un charme inconnu à la
mollesse. O Jule ! il serait cruel de te
refuser au plus doux plaisir que nous
ait fait la nature; aime dans l'âge d'aimer et d'être aimé. Va, la jeunesse est
courte, et le temps de l'amour plus rapide encore. Ce n'est qu'un moment où
dans les jeux et l'indifférence, le hasard nous vient offrir le seul objet que
nous puissions jamais aimer, avec
l'attrait de l'innocence et de la nou-
veauté. Ne fuis point ces beaux yeux
qui te cherchent, et que tu remplis de
larmes secrètes. Un jour tu voudras revenir ; ces larmes seront séchées, et celle
qui les versa n'en aura plus pour toi.
Glycère ne te rendra pas les plaisirs que
te gardait sa jeunesse ; t'aima-t-elle en-

core; il n'est plus temps; vous aurez vieilli tous deux. (2)

De la province.

Il n'y a rien de plus intéressant qu'un jeune homme dans la fraîcheur des espérances et à l'aurore de la vie; il n'y a rien de plus vil que ceux qui le persécutent et s'occupent à flétrir, dans une ame neuve, les sentiments affectueux qui y naissaient d'eux-mêmes. Pénible école! indigne et lâche envie! qu'avez-vous gagné, vous qui, sur tous les points où l'ame peut souffrir, fatigâtes sa sensibilité? Vous avez aigri son caractère, usé, dépravé dans l'amertume et les dégoûts l'essor d'un talent peut-être à jamais perdu. Il va languir, s'éteindre; il mourra détestant la vie, abhorrant l'humanité qu'il apprit si mal à connaître. A quelle pro-

vince ne s'adresse pas ce reproche que j'é-
lève ici contre la médiocrité jalouse ? En-
tendez, voyez dans ces petites sphères les
sots s'agiter à la moindre lueur d'un talent, d'un grand caractère, ou d'un esprit rare ; on dirait, à leur inquiétude, à
leur résistance, qu'il y va de leur vie et
que leur bassesse, leur malignité, la
boue dont ils sont faits vont s'user à ce
jeu sublime qu'ils sont à peine dignes
d'admirer. Quelle ligue unanime ! que
de persécutions sourdes, cachées, ou-
vertes ! Tout s'en mêle ; hommes,
femmes, enfants, tout est armé contre
un seul homme ! C'est l'éducation de
Sparte, où les faibles étaient étouffés,
où la vigueur seule triomphait des
épreuves. Je me garderai bien d'exposer
le mérite de Jule aux dangers d'une
pareille lutte.

O mon fils ! laisse venir tes vingt ans.

Cultive six années dans la paix et le silence, les vertus de toute la vie. Ce temps
écoulé , tes talents sont à toi ; quitte une
terre ingrate où le mérite est aussi peu ré-
compensé que connu. Je ne pourrai rien
pour toi alors , les bornes de ma fortune
ne me permettent pas de semer de satis-
factions la carrière d'un sage ; mais mes
vœux te suivent , mais ma voix te recom-
mande à un père plus puissant. Va trouver ton souverain, dis-lui: « J'étais perdu
» dans la foule ; un de tes sujets m'a élevé
» pour toi. Il n'était pas riche ; tout ce
» qu'il a pu sans injustice détourner de
» l'héritage de ses pères , il l'a fait, et il
» devait mourir avant l'âge d'homme.
» Achèves-tu le bienfait commencé pour
» toi, ou si je retourne à mon champ ? »

NOTES.

(1) *Pag.* 25. Il n'y a rien d'étonnant que dans l'éducation vulgaire, on étouffe si long-temps dans l'ombre des classes, cette voix puissante et méprisée ; que le maître accumulant d'un côté des leçons infructueuses, et l'élève des goûts méconnus, l'un et l'autre s'entendant si peu, il arrive au bout du temps, qu'ils n'aient rien fait de bon. Peut-être ne veut-on pas réellement former des hommes ; peut-être a-t-on trop senti la difficulté qu'il y aurait, dans une foule d'enfants, à démêler tant de goûts épars, et à les diriger chacun par des moyens différents. On s'imagine qu'un élève discerne facilement ce qui lui convient d'une leçon publique, et supplée à la leçon directe qu'il ne reçoit pas. O que ce n'est pas ainsi que se forme un talent solide, mais plutôt d'aveugles et éphémères inclinations ! La nature ainsi abandonnée à elle-même, faut-il s'étonner de voir s'écouler le temps des études dans une perpétuelle inconstance de projets, et tant de jeunes gens ne choisir si long-temps que pour se déterminer à l'oisiveté. Cette foule de désœuvrés qui peuplent le monde, ne sort chaque jour que de ces écoles où l'on apprend tout.

Je connais un établissement, obscur pourtant, où l'éducation est soumise à une autre méthode ; et ce sont des philosophes ignorés qui en prodiguent les bienfaits à un petit nombre de disciples. « A quoi bon, me disait un de ces sages, cette division des classes, usitée dans les colléges ? ici on en connaît une plus naturelle ; c'est celle des professions. Voilà l'école de l'artisan, du magistrat, du militaire, voilà celle des inutiles, de ceux qui n'ont point d'état, qui ne sont pas dignes d'en avoir encore, entre nous l'école des commençants, par laquelle tous ont passé, et où plusieurs s'arrêtent. Car pourquoi s'embarquer pour un si long voyage, lorsqu'on ne veut pas arriver? Faut-il à l'artiste les connaissances du guerrier, au guerrier celles de l'homme de lettres? » Ainsi continuait mon instituteur, et je le demande, parlez d'une telle école, et d'une de celles que nous connaissons, à un homme qui n'en connaît point, laquelle prendra-t-il pour nationale?

Il n'y a point là de classifications arbitraires; ce sont celles de la société: une école est le monde, et un enfant est un homme. Avez-vous remarqué comme il est jeté, dès ses premiers pas, dans un ordre de choses auquel il doit appartenir un jour? Il y est lié par son inutilité même; il n'est rien encore, il est déjà inutile! Quelle adresse de lui inspirer ainsi l'horreur du plus grand fléau de la société! On ne saurait trop tôt gouverner l'enfance, par les principes qui doivent gouverner la vie; et ces principes une fois adoptés, on ne peut trop en presser l'application. On a comparé l'homme à un arbre; l'éducation en est la racine; et s'il y a tant d'arbres renversés, combien y a-t-il de racines peu profondes!

Un autre avantage de cette éducation, c'est un sage emploi du temps qui n'est pas inépuisable: il vient un jour où l'on regrette tous ces moments dissipés en études fugitives, où l'on demande à cris impuissants le temps de connaître une vérité, un livre, une ligne de plus. Vœux superflus! Je la fais à vingt ans cette cruelle épreuve, et je mourrai sans vous lire, Montagne, et toi-même, ô Buffon! trop riche encore de mes propres idées, que j'ai à peine le temps d'interroger.

(2) *Pag.* 41. Quelle malheureuse passion que l'amour! et s'il consiste dans l'union intime et durable de deux cœurs faits l'un pour l'autre, où sont les vrais amants? J'ose dire qu'il n'en exista jamais. On se voit, on sent que l'on se conviendrait; il n'y a souvent rien de plus étrangers que les objets de ces subites sympathies. On est heureux; ah! ce n'est pas alors qu'on est plus tendre, ni plus constant. Enfin, on se convient, on peut être

heureux; on en perd l'occasion, et elle ne revient jamais. Le monde est plein de ces passions imparfaites; ce sont même celles qui laissent les traces les plus profondes. J'ai vu un exemple bien frappant de la vivacité de ce sentiment.

Je vivais à Paris, avec F.... du même âge à peu près, nous avions les mêmes goûts. Il était venu cultiver ses talents dans la capitale, et pendant une année sa sérénité et son ardeur ne se démentirent point. Un tendre souvenir lui revint de son pays et de ses premières connaissances. Je vis bientôt ce sentiment, dont il m'avait fait part, l'occuper entièrement; ou il m'en parlait, ou il versait des larmes. J'appris bientôt qu'une jeune personne qu'il avait aimée, causait tous ses regrets. C'était un attrait invincible; son amour s'était réveillé loin d'elle, et l'occupait sans cesse. Il la voyait le jour, il la voyait la nuit dans ses rêves. Mille images de ses premiers plaisirs remplissaient son imagination, et le tourmentaient d'une félicité qui n'était plus à sa portée. De quelles couleurs il me peignait les charmes de son amante, et ses regrets de s'être éloigné d'un bonheur qu'il avait trop peu goûté! Il avait été aimé; je lui conseillai de partir. « Allez, lui dis-je, un pressentiment si obstiné ne peut tromper : les cœurs se parlent de loin; il faut retourner vers elle. » Il m'en crut. L'espoir d'être encore heureux le ramena dans son pays. J'appris bientôt qu'il s'était trompé, et que la douleur avait égaré sa raison.

Le reste de son histoire, quoique d'un caractère bien différent, prouve encore qu'il est aussi impossible de rappeler un bonheur qui n'est plus, que de rajeunir ou de revenir sur le passé.

Mademoiselle de..... c'était le nom de l'amante de mon ami, ne fut pas long-temps infidèle sans remords. F.... ne s'occupait que d'elle dans son délire. Il avait toujours son nom à la bouche; des torrents de plaintes, des protestations de la plus tendre éloquence lui étaient sans cesse adressés. Elle vit com-

bien elle avait perdu ; et, à l'engagement des deux familles, elle
consentit à favoriser la guérison de son amant. Leur mariage
fut arrêté pour le retour de F.... à la raison, et sa présence,
des entrevues ménagées préparèrent ce retour. Il ne fut pas facile à Mademoiselle de..... de prendre sur un esprit dérangé,
l'empire qu'elle avait eu autrefois. Le temps n'était plus où sa
présence bouleversait cette ame, la plongeait d'un coup-d'œil
dans la joie ou la douleur. Elle avait une dangereuse rivale dans
l'esprit de son amant, et cette rivale était elle-même. Mais fidèle,
telle qu'elle avait été autrefois, et embellie encore par les illusions du délire, F.... s'obstinait à ne point la reconnaître ; il
lui parlait d'elle-même comme à une étrangère, et on voyait aux
peintures qu'il en faisait, que son imagination le vengeait trop.
Enfin, il donna quelques signes de raison. Ce fut une fête dans
les deux familles. Mademoiselle de..... me l'écrivit les larmes
aux yeux. C'était le terme de son bonheur et de ses espérances.
Un jour F.... s'écria que Mademoiselle de.... était morte ; qu'il
y avait un mois qu'elle s'éteignait sous ses yeux, et qu'il venait
de la voir expirer. Il paraît que ce rêve le tira de son pénible
sommeil.

F.... était guéri, mais Mademoiselle de..... était réellement
trop morte pour lui. Deux années s'étaient écoulées depuis son
égarement ; il reconnut à peine cette jeune personne dont il con-
servait un souvenir si vif. Son amante était changée, et son
amour était resté le même.

L'adolescence, cet âge de la vie où l'homme jouit avec étonnement des facultés et des biens, dont il ne fait plus qu'user en-
suite, dans un cercle d'habitudes, sans charmes ; l'adolescence
est donc la véritable époque des délicieux sentiments de l'amour.
Je me rappelle avoir consacré quelques vers à son influence sur
cette passion, dans un poème sur l'*Adolescence des femmes*,
ouvrage resté imparfait, comme tant d'autres entreprises tra-

versées par les malheurs continus qui m'ont ouvert la tombe à vingt ans. Qu'on me permette de les citer; il est bien permis d'user un peu du droit de se répéter à celui qui va bientôt se taire. Voici mes vers :

. . . . C'est le moment, (*l'adolescence*),
Où tout à coup la timide innocence
Est enlevée au sommeil de l'enfance.
De son réveil c'est tout l'étonnement;
De son bonheur c'est la tardive aurore.
Un long tourment qui partout la dévore
L'en avertit. Un long recueillement
La fait chercher ce bonheur qu'elle ignore.
La solitude alors, ce lieu secret
Dont le silence et profond et discret
Peut la cacher, se remplir d'elle-même,
Suspend ses pas, est l'asyle qu'elle aime,
Aussi long-temps du moins que son ennui
Ne la rend pas au monde qu'elle a fui.
Mais de son trouble enfin son cœur repose :
Son vague instinct en ignorait la cause.
Un jour l'amour à ses yeux présenté
D'un teint de lys a ranimé la rose
Et de son cœur chassé l'obscurité.
Au cœur ému d'une jeune beauté
Quand a passé ce rayon qui l'éclaire,
Voyez alors sa clarté salutaire
Avec le calme, éveiller dans son sein
Ces soins prudents, qui d'un heureux mystère
Protégeront son bonheur clandestin.
C'est ce vaisseau, quand s'apaise l'orage
De ses destins gouverneur assuré;
Ici, réglant son chemin égaré,
Là, pour couvrir son nocturne voyage,
Cachant les feux qui trahiraient son cours.

www.ingramcontent.com/pod-product-compliance
Lightning Source LLC
Chambersburg PA
CBHW061710180626
46818CB00003B/1340